AF552577

Lazy ways to Enlightenment

SHAMSHIR RAI LUTHRA

Lazy ways to Enlightenment

Lazy ways to Enlightenment

SHAMSHIR RAI LUTHRA

SHAMSHIR RAI LUTHRA

First published 2003

ISBN 81-86685-40-5

Published by
Wisdom Tree
C-209/1, Mayapuri II,
New Delhi 110 064
Ph.: 25130720, 25491437

Printed at
Print Perfect
New Delhi 110 064

To my sister,
Dr Shabbi Luthra,
who inspires me to work harder and harder and harder and HARDER!

To my mother,
Mrs Vimla Gandhi Luthra
who inspires me to always love people and use things (not use people and love things)

To my father,
Mr Jahangir Rai Luthra
who inspires me to work sincerely
(no shortcuts or insincere ways to success!)

Introduction

Life is a series of problems. You solve one, another one appears. Sometimes two to three problems raise their heads at the same time.

Problems, pains and struggles of the past haunt our present. The past comes back in our memories and dreams.

No matter how hard we work, how sincerely we work, meditate, do penance or *tapasya* in order to rise to a higher level (social, mental and even spiritual), yet the pains persist and curse us day after day.

I've heard you complain:

'Yaar, in sab chakkaron se oopar, uthna hai,

I want enlightenment!'

This is why it is said that hell is within us (I sometimes believe them); but, so is heaven!

I experience it every day! Extraordinary thoughts and awareness come to me with seeming spontaneity. Original, sometimes crazy—ideas for jokes, radio shows, TV interviews, *mazaa* unlimited, happiness, bliss and enlightenment—all while eating a plateful of *rajma-chawal*, watching the sunset, watching planes landing at Delhi's 'jumbo point' watching the 'Cartoon Network' on TV or while chanting *Hare Krishna*!

Just being! And then everything around me begins to respond—chairs, tables, walls, animals, plants—yes, everything!

No one ever became superhuman because of meditation. They only opened their own latent potential.

In modern times when consumerism is in, when people's egos are as big as their cars, when everybody thinks his or hers is the right way... when people are confused as to which chattering guru to follow...

I am at your rescue; the love *jogi* who tells you to follow your heart.

Not your spidermind's webs; Just your 2½ ounce heart!

The Tao te Ching says:

'Empty your mind of all thoughts.
Let your heart be at peace.
Watch the turmoil of beings
but contemplate their return.'

I have watched closely the turmoil of my fellow beings, my family, relatives, friends and employees... and some of them take so long to return, sometimes trapped in that spidermind's webs, mostly confused, forgetting their own special path.

This book talks about simple, lazy, crazy ways to attain peace of mind and helps to unlock truths that were opaque to us before.

Mind you, don't take me too seriously. This is just a sharing of my personal experiences and insights.

Some of them are *fun*! Some are in pun! Not a prescription or *mantras*. So dear friend I'd love to help you help yourself! Find your own *special* way! Remember,

Dil se jeene waalon ki
umr zyaada lambi hoti hai!

Acknowledgement

I wish to thank those who believe I can fly and be whatever I want to be :

- Raghav Behl
- Mr Deepak Chibber
- Mr A Majumdaar
- Mr Balooni
- Rahul Dev
- Souresh Bhattacharya
- Asmita Aggarwal
- Akash Arora
- Ila Arun and Arun ji
- Jawahar Wattal
- Mrs Veenu Arya and Shobit Arya
- Dr Prannoy Roy
- Shibani Sharma
- Sugata Dutta
- Manjul Tilak
- Nischint Chawla
- Mr Krishnan
- Aroon Purie
- Dr R.A.P. Rao
- Danish Iqbal
- Mr Shashi Kant Kapoor
- Mrs Noreen Naqvi
- Anita Adya
- Anju Juneja
- Raveena Raj Kohli
- Sanjay Pugalia
- Shashi Gopal

- Atul Churamani
- Soumitra Maitra
- Kunal Rai Sareen
- Arul Harris
- Swamy
- Sonny Shreshta 'Dai'
- Sunil Kumar
- Rachna Kanwar
- Tapas Sen
- Rajesh Sawhney
- Vineet Jain
- Sanjoy Roy
- Mohit Satyanand
- Anamika
- Shobha Mittal
- Vijayanthi Tonpe
- Dr R.B. Solanki
- Prof. Kamlesh Misra
- Mr & Mrs Gurmeet Singh
- Kiran Bedi
- Mrs S.K. Khosla
- Mrs Shyama Chona

Thank you for being there, everywhere. You are my colleagues, you are my friends, you are my family. May I always be loved and adored by you...

Mrs & Mr R.R. Anand, Shruti Kaushik, Harsh Sharma, Apul Gupta, Kavita Mehta, Anish Popli, Rajat Kapoor, Preet Raj, Jaiveer Singh, Vijendra Sajwan, Manoj Manikar, Pradeep Sharma, Naveen Gupta, Vipin Handa, Nomaan Shauque, Sanjay & Suman Aggarwal, Rajneesh Rikky, Gul Panag,

Salma Sultan, Ruby Bhatia, Pankaj Pachauri, Remo Fernandes, Bondo, Jasmine Bhatti, Bhupi & Gursharan Singh Chawla, Mika, Shubha Mudgal, Ivan Pulinkala, Mehar Bhasin, Leena Singh, D.J. Narayan, Seema Verma, R.C. Dalal, Dilpreet Singh, Atul Mittal, Shreeja & Rajesh, Ajay Mehra, Arun Dhawan, Suvo Das, Sudhir Dhar, Sharon Lowen, Naresh Kapuria, Jayshree Tahiliani, Sylvie, Sudhir Tailang, Anup Banerjee, Nandi Chawla, Parvati Rathore, Rajesh Kambhoj, Rini Simon, Mini Gupta, Rashmi & Sanjay Virmani, Sunit Tandon, Usha Albuquerque, Praveen Malhotra, Pranav Awasthi, Harminder & Ashwinder Singh, Bharti Taneja, Vijayanthi Tonpe, Ketan Bhatia, Chandni, Ashwini & Tarini & Rashmi Luthra, Harold, Donald Reinsmoen, Manish & Puneet Katyal, Lalita Manchanda, Anupam Gupta, Rajeev Sen, Neeraj Gupta, Brig. & Mrs Ashok Luthra, Nazum, Poonam and Arun Luthra, Rajneesh Duggal, Shammi Narang, Ritu Rajput, Manoj Verma, Anand Behrani, Virender Wadhwa, Vibhor Sachdev, Romil, Ali, Nivedita, Suparna, Damandeep, Nazia, Niyati, Jatin, Nishant, Pooja Luthra, Rakesh Atri, Sonu & Nidhi Jain, Kartik, Shaloo, Amit, Ajay and Mona Luthra, Anupam Gupta, Arvind Mattoo, Sandeep Agnihotri, Rajeev Sen, Ashu Punjabi, Rumi Malik, Vipin Aneja, Swareena Singh, D.J. Rummy, Jazzy Joe, Subhadhra Ramachandran, Swarnlata, Sunil Kukreja, Boichong Telien, Shiva Lochan, Rajesh Rao, Dmitrii Zmeyer, Vijayshree, Varun, Ina Sathe, Samantha Koccha and Javed Habib.

Lazy ways to Enlightenment

Ordinary, essential things have the power to touch every heart.

Simple things like a man ploughing his field, a woman filling a pitcher from a spring,

a young mother cuddling her child,

a fisherman heading out to the sea—are images which we see every day which tell us that everything is all right with the world today.

A chick jumped with joy after hatching from the egg. His brothers were surprised. One asked

"Hey you, what's so big about coming out of that egg?"

The joyful chicken replied, "I'm so happy I came out. I was claustrophobic inside, you know."

I think we all need to be a little claustrophobic. We will then emerge from our homes and enjoy Nature.

The moon has very little gravity. I think the Indian team should play their cricket matches on the moon.

The ball will come down at a slower pace.

Only then, will they be able to hit it, perhaps!

आपने पेड़ के पत्तों को कभी ध्यान से देखा है?

जब हवा चलती है तो फड़फड़ाकर अपनी खुशी का अहसास जताते हैं...

हवा रूके तो छोटे बच्चों की तरह गहरी नींद में सो जाते हैं।

यह प्रकृति के हर नियम को मानते हैं।

चिड़ियों को घर देते हैं।

हमें छाँव देते हैं।

जलवायु को हरियाली देते हैं।

सूख कर गिर भी जाते हैं तो भी दूसरों के काम आते हैं।

यह कभी किसी को चोट नहीं पहुँचाते, कभी किसी का दिल नहीं दुखाते।

यह हमें सिखाते हैं जब तक जियो, हरे-भरे रहो, मस्त रहो। सुख का बसंत हो या दुःख का पतझड़, मुस्करा कर उनका स्वागत करो।

वह देखें, बिल्ली आपका रास्ता काट गई।

खैर, कोई बात नहीं। बिल्ली ही तो है जो रास्ता काट कर चली गई, कोई मोटी काली भैंस तो नहीं जो बिल्कुल आपके गेट के सामने पसर गई और हिलने का नाम ही नहीं लेती?

To every negative that happens,
thank God,
there's a positive side!

एक दिन मेरे टीवी का 'रिसैप्शन' कुछ ठीक नहीं आ रहा था, तो मैं छत पर 'चैक' करने गया। वहाँ मैंने देखा कि मेरे टीवी के 'एन्टेना' पर एक कबूतर और एक कौवा झूला झूल रहे हैं।

पहले तो मैंने सोचा कि उन्हें भगा दूँ,

फिर मैंने सोचा कि हमने उनसे उनके पेड़ तो छीन ही लिए हैं, कम से कम 'एन्टेना' तो दे ही सकते हैं।

मेरे घर में दो साबुन थे।

दोनों एक दूसरे से बहुत जलते थे। हमेशा प्रतिस्पर्धा बनी रहती।

एक बार एक शर्ट ने उन्हें चुनौती दी,

"तुम दोनों में से कौन मुझे ज्यादा अच्छी तरह साफ कर सकता है?"

दोनों में जम कर 'कम्पटीशन' हुआ। पर एक दूसरे को नीचा दिखाने के चक्कर में, दोनों एक ही दिन में घिस गए और खत्म हो गए।

जलन से आज तक किसी को कोई फायदा नहीं हुआ।

अपनों को अपनों से बातें करने का नहीं है समय।

बना रहता है मशीन आदमी हर समय।

जीवन क्या है?

एक प्यासे हिरण की दास्तान है,

रेगिस्तान में दूर से चमकती रेत को देखकर,

हिरण उसको पानी समझता है और उसकी तरफ भागता जाता है। पर, उसे कुछ हासिल नहीं होता।

We must have some dreams which we know we might never be able to realise.

In order to become one with life, some goals should be set so high that we may never accomplish them.

It's necessary for inner peace and survival.

दिल्ली हमेशा से राजा-महाराजाओं की 'फेवरिट' रही है।

बहुत से राजाओं ने इसे अपनी राजधानी बनाया।

पुराने समय में राजा अपने खज़ाने को सुरक्षित रखने के लिए मिट्टी में गाढ़ दिया करते थे।

आजकल जो सड़कें खुदी हुई हैं, शायद वह उसी खज़ाने की तलाश का नतीजा हैं।

What did one soap bubble, say to another?
Life is small,
so fly high and enjoy!

I guess my feet have said enough.

They are tired and still.

Well, this is the time to recuperate, relax and listen.

One can learn much by quietly listening to others.

That's why Nature doesn't allow us to speak for the first few years of our birth.

It lets us acquire knowledge and only when we're in a position to speak, it lets us speak.

Every big tree was once a sapling which needed sunlight and fertile soil.

For human beings too, when the sunlight of love and the nourishment of education and culture is given, they evolve into strong pillars of society—a society where they are ready to give back more than they receive, making it richer than ever before.

It's rightly said that music is the language of love and love is the basis of human existence.

प्यार एक ऐसा एहसास है जो इन्सानी सभ्यता की नींव है, और संगीत है प्यार की भाषा।

According to me, in this world, love is a feeling sponsored by music.

प्यार का प्रस्तुतकर्ता है संगीत!

The road is always better than the inn.

Those who settle on time or fortune as the inn presuming that they've done enough and decide to call it quits,

miss the whole point of life,

for there is no inn,

no ultimate point of destination.

It is the road now and forever—finite man trying to search for infinity, groping for the right path endlessly. All that really matters are the lessons learnt along the path.

Thomas Edison, who invented the bulb, said, "If we do all
the things we are capable of, then we will astound ourselves."

जो काम हम करने की क्षमता रखते हैं, अगर वे सब काम हम कर लें तो हमें अपने आप पर स्वयं हैरानी होगी।

यही बात मैं एक कुँए को समझा रहा था।

मैंने उससे कहा, "खुद को पहचान। अपने अन्दर झाँक कर देख।"

तो कुँआ बोला, "मैं अपने अन्दर नहीं झाँक सकता। मैं बहुत गहरा हूँ और मुझे ऊँचाई से बहुत डर लगता है।"

कुछ लोग ऐसे होते हैं जो हमेशा गुस्से में ही बात करते हैं। ऐसे ही एक आदमी से मैंने गुस्से का कारण पूछा, तो वह बोला, "भाईसाहब, वैसे मैं बुरा आदमी नहीं हूँ। वह क्या है, कि पिछले चालीस सालों से मेरा मूड खराब चल रहा है।"

Does darkness have colour? Well, switch on the lights and find out. And, as soon as you switch them on it'll be no more.

एक उम्मीद की किरण भी हमारे जीवन के अँधेरे को ऐसे ही मिटाती है।

पर कई बार हमारा भरोसा कमज़ोर पड़ने लगता है। स्थिति कुछ ऐसी हो जाती है कि हम निराश होने लगते हैं।

But...

Wherever there's love, there's hope, no matter how small.

रोशनी की एक 'छोटी' सी किरण भी बड़े से बड़े अँधकार को दूर करने के लिए काफी है।

We have closeted ourselves inside our homes and offices.

Life for us, apart from these places, does not exist.

Our eyes, which were designed by Nature to see far-off places, are now blocked by skyscrapers, hampered by pollution. It is so sad to see little kids wearing glasses when their eyes should've been free to dance about unhindered.

दुनिया 'वर्चुअल रिएलटी' की तरफ बढ़ती जा रही है।

'इंटरनेट', 'टेलिविज़न', 'कम्पयूटर', 'सिनेमा' में ही हम सारी दुनिया देख उसकी एक तस्वीर बना लेते हैं जिसकी वजह से उसे देखने की जरूरत ही महसूस नहीं करते।

लेकिन प्यार में यह 'वर्चुअल रियालटी' कभी नहीं आती।

जो रोमांटिक एहसास अपने साथी का हाथ पकड़ने में है, वह और कहीं भला कहाँ।

Ever felt you're missing something in life?

All our life is spent in pursuit of self, power and position.

We find it difficult,

even ridiculous,

to chase our personal dreams.

Some say that dreams are like castles in the air which will come tumbling down the day we look up.

But when such a dreamer falls, he gets up laughing, ready to start all over again!

A poor, satisfied man is always better off than a rich, dissatisfied one.

मुहोब्बत तैराकी की तरह है।

आप तैराकी के कितने भी दाँव-पेंच क्यों न पढ़ लें,

देख लें, सीख लें,

जब तक खुद पानी में नहीं उतरेंगे, तैराकी नही आएगी।

मुहोब्बत भी ऐसी ही है। आप इसके बारे में किताबों में पढ़ते है, दूसरों को मुहोब्बत करते देखते हैं लेकिन जब तक आप खुद इसमें नहीं पड़ते, तब तक कुछ नहीं समझते।

भाई, सिर्फ 'थ्योरी' ही नहीं, 'प्रैक्टिकल' भी तो होना चाहिए।

ज़िंदगी में बहुत अनिश्चितता है।

कब क्या हो जाए, किसी को कुछ पता नहीं।

एक समझदार चिड़िया, चाहे उसे कितना भी अच्छा उड़ना आता हो, हमेशा पैराशूट साथ ले कर चलती है।

यकीन नहीं आता तो पूछ लो।

फिल्मों में रोमांटिक गाने हमेशा बागों, पेड़ों और पहाड़ों पर होते हैं, किसी प्रदूषण भरी सड़क पर नहीं।

इसलिए प्यार पनपने के लिए एक प्रदूषण-रहित वातावरण अनिवार्य है। तभी तो सारे नवविवाहित जोड़े कहीं दूर पहाड़ों या वादियों पर जाना पसन्द करते हैं।

सिर्फ प्रेमी ही नहीं, दुनिया भर की फौजें भी जंगलों में प्रशिक्षण पाती हैं।

इससे साफ ज़ाहिर है कि चाहे इश्क हो या जंग, प्रदूषण रहित वातावरण न हो कभी भंग।

I was fed up with the mosquitoes in my house.
The two-in-one coil had no effect on them.
Then I began using a mosquito spray.

As a backup measure, I stopped using my deodorant,
so that even if I were to forget to use the spray,
my body odour would drive them away.

Nowadays, mosquitoes wear a helmet whenever they enter my room.

I have put up a 'Zero Tolerance Zone' board on the door of my room.

They are afraid I might cancel their 'biting licence'.

आज मेरा तस्वीर बनाने का बहुत मन है। अभी पाँच मिनट में आपको एक पेंटिंग बनाकर दिखाता हूँ

यह रहा पेपर और यह रही पेंसिल।

चेहरे से शुरू करते हैं। यह बन गया चेहरे का आकार, यह नाक...आँखें थोड़ी बड़ी-बड़ी, यह बन गया चेहरा।

अब चेहरे के अनुपात से बाकी शरीर भी बना लेते हैं। तो यह बन गया 'रामू',

अब 'शामू' की बारी...। यह लो... शामू भी बन गया।

आज दोनों का नौकरी के लिए 'इंटरव्यू' है। तो अब दोनों को अच्छे कपड़े पहना देते हैं।

दोनों तैयार होकर पहुँचे 'इंटरव्यू' के लिए। रामू का 'सिलेक्शन' हो गया तो वह खुश है। उसके गाल पर थोड़ा लाल रंग लगा देते हैं।

शामू 'रिजैक्ट' हो गया। उसकी आँखों में थोड़े आँसू बनाने पड़ेंगे।

थोड़े और रंग डाल देते हैं और... यह लो... बन गई तस्वीर। अब कहानी को थोड़ा और आगे बढ़ाते हैं।

शामू के पास नौकरी नहीं पर घर है। रामू के पास नौकरी है पर घर नहीं।

दोनों के पास एक-एक खुशी भी है और एक-एक गम भी।

एक तरफ से देखो तो रामू खुश दिखता है तो शामू उदास; दूसरी तरफ से शामू खुश दिखता है तो रामू उदास। जब एक खुश होता है, तो कोई और रोता क्यों हैं?

एक हवलदार ने चोर को पकड़ते हुए कहा,

"अब चल, जेल में चक्की पीस।"

चोर ने कहा,

"क्यों, साहब! वहाँ 'मिक्सर-ग्राइंडर' नहीं है क्या?"

अपने सपनों को पूरा करो।

अपनी आकाँक्षाएँ पाने की कोशिश करो।

तभी तुम सपनों और इच्छाओं को पीछे छोड़ पाओगे।

कुछ लोग कहते हैं कि हमें कुछ पाने की इच्छा नहीं रखनी चाहिए क्योंकि यह लालच है।

लेकिन कुछ आकांक्षाएँ हमारी जिज्ञासा की वजह से होती है और कुछ हमारी भावनाओं से पनपती है।

यह हमारा अपना शौक हो सकता है।

जैसे किसी के बारे में जानकारी हासिल करना या किसी लक्ष्य की तरफ बढ़ना। जब तक यह और किसी को नुकसान नहीं पहुँचाती, हम इन्हें दबाने की बजाय इन्हें पूरा करने की कोशिश करें।

Those were the days when
Jack and Jill
went up the hill
to fetch a pail of water?

Now, the poem should read:

Jack and Jill

went digging in

to fetch a pail of water...

I will not say beyond this, because they are

still digging... digging...and digging!

कई बार हमारे दोस्त या बड़े-बुजुर्ग या शुभचिन्तक हमें रोकने की कोशिश करते हैं। कभी-कभी इसकी कोई वजह होती है पर कई बार इसके पीछे इन लोगों का डर, नासमझी, जलन या आम स्वभाव होता है।

लेकिन अपनी जिन्दगी का मकसद पूरा करने में किसी की ऐसी बातों पर ध्यान नहीं देना चाहिए।

जो कुछ करना चाहते हैं, अच्छी तरह से करें।

पर कुछ बातों का ध्यान अवश्य रखें।

सबसे पहले हमें यह बात समझनी चाहिए कि ज़िंदगी में कुछ भी हमेशा के लिए नहीं है। कई बार ऐसा हो सकता है कि अपना मकसद पाने के बाद हमारे लिए वह चीज उतनी ज़रूरी नहीं रह जाती जितनी पहले थी। इसमें घबराने की कोई बात नहीं।

इसका मतलब यह है कि इस लक्ष्य में हमारी रूचि खत्म हो गई है और हमें कोई नया मकसद ढूँढना चाहिए।

फिर इस बात का ध्यान रखना चाहिए कि हमारी इच्छाएँ हमारी ज़िंदगी का रुख न बदलने लगें। हम सबसे पहले इन्सान हैं और हमारा लक्ष्य सिर्फ अपने आप को खोज़ने में हमारी मदद करता हैं।

उसके बाद हमें कोशिश करनी चाहिए कि अपने लक्ष्य तक पहुँचने में हम अपने सारे डर मिटा दें। यह सब करने के बाद हम अपने वजूद को खोज सकते हैं, सच्चाई की तलाश कर सकते हैं।

Some people are blissfully unaware that the information and technology revolution has eliminated distances.

They are frightened of letting their loved ones move away from their sight as they can't bear to live alone.

Well, for such people, weapons like the phone, fax, e-mail are available to demolish all walls of non-communication.

So dear, let go. You are always close in this world of virtual reality.

Hey... What is this,... I got it...

I got the key!

Finally, I have found the key to good life!

If you wanna stay happy then...

Always flush!

Yes!

Flush away the negative thoughts from your mind.

Think positive and be happy!

They say cycling is good for health.
You stay slim and trim always!
Perhaps that's why paper is so thin,
Because it keeps getting re-cycled!

उगते सूरज की सुनहरी लाली, अँधेरी धरती को छू रही है।
एक बूढ़ी औरत मन्दिर की सीढ़ियाँ साफ कर रही है।
वह हर पत्थर को बहुत प्यार से धोती है।
हममें से कितने भक्त उसके काम के बारे में सोचते हैं?

आज सुबह मैं बंगला साहिब गुरूद्वारे गया था। गुरूद्वारे की खूबसूरती, सान की कला का खज़ाना लगती थी। कितने सालों से भक्त वहाँ आते और रब के आगे अपनी भेंट छोड़ जाते थे। कई लोगों ने यहाँ आकर परम सत्य की खोज की, और परम ज्ञान पाया। कितने लोगों की मन की मुरादें यहाँ पूरी हुईं।

पर यहाँ किसी का ध्यान उस बूढ़ी औरत पर नहीं गया जो रोज़ चुपचाप मन्दिर की सीढ़ियाँ साफ करती है। वह पूरे ध्यान से, भक्ति से और श्रद्धा से अपना काम करती है। उसका यही काम उसकी पूजा है, और यही उसकी भेंट है रब को।

सारा दिन वहाँ भक्त आते-जाते रहते हैं। बड़े-बड़े अमीर पूजा करने उन्हीं सीढ़ियों से गुज़रते हैं, अपने हाथों में रंगीन फूल लिए। बच्चे उन्हीं पत्थरों पर दौड़ते हैं। पर इनमें से कोई उस औरत की भक्ति को याद करता है?

मतलब कहने का यह है कि जब हमारे पास चलने के लिए सिर्फ रास्ता ही हो, तो हमें उन सब की इज्जत करनी चाहिए जिन्होंने हमारे लिए वह रास्ता तैयार किया है।

कहते हैं कि पुराने ज़माने में, भारत में दूध की नदियाँ बहतीं थीं। इसका मतलब यह हुआ कि हमारे यहाँ शुरू से ही पानी की कमी थी।

जंगल कितना भी घना हो,

सूरज की किरण, पत्तों के झुण्ड से निकलती हुई, ज़मीन तक, किसी न किसी तरह, कहीं न कहीं से पहुँच ही जाती हैं।

मुश्किलें, परेशानियाँ, कितनी भी हों,

काम चलता रहता है,

इन्सान आगे बढ़ता रहता है।

No matter how grave the situation is, a 'ray of hope' will always be there.

उम्मीद की किरण सब मुश्किलों को पार करती हुई, इन्सान तक जरूर पहुँचती है।

उम्मीद पर दुनिया कायम है।

So think positive and act positive.

London Bridge is falling down... falling down...
Humpty Dumpty sat on a wall...
Humpty Dumpty had a great fall...
Everybody and everything falls down
and never goes up. That's gravity!
But if you've fallen in love,
then it's a different matter altogether.
One of my friends didn't believe this,
but when he fell in love,
he understood the 'gravity of the situation'.

कल मैं सारी रात सो नही पाया। पता है क्यों?

कल रात एक भूत मेरे पीछे पड़ गया।

वह मुझे भगाता रहा और मैं भागता रहा।

वह पीछे, मैं आगे।

मैं छत पर, तो वह 'एंटेना' पर।

वह मेरे सामने आकर खड़ा हो गया और बोला,

"भाईसाहब, बाथरूम कहाँ है? बड़ी देर से ढूँढ रहा हूँ... अब और नहीं रुका जाता।"

After yesterday's incident, I've started believing in Nature. Even ghosts have to answer to Nature's call.

When you go'tta go, you go'tta go!

An apple fell on Newton's head and
yahoo! Gravity was
discovered.

But the real question here is,

what happened to that apple?

Did Newton eat it?

Well, Newton was a common man,

so he must've eaten that apple.

And had Newton been a businessman,

then he would've auctioned the apple and said,

"This was the apple that helped me discover gravity...

and a sore head...

It was a heavy apple you see!"

And had he been a trickster,

he would have sold two such apples,

selling each apple as the original one.

But thank God, he was none of these!

But I still think...did he really eat that apple?

आसमान में कितने सारे तारे हैं...

बहुत साल पहले, पृथ्वी पर अँधेरा था। सब जीव-जन्तु बहुत परेशान थे। बिना रोशनी के कोई काम नहीं हो पाता था।

पृथ्वी ने रोशनी के लिए दूर बैठे तारों को आगे बुलाया।

पर तारे नहीं माने। उनमें से एक तारा 'सूरज' मान गया और अपने दोस्त 'चांद' के साथ पृथ्वी के पास आ गया। दोनों मिलकर काम करने लगे। सूरज सुबह और चांद रात को। धीरे-धीरे उनकी प्रसिद्धि बढ़ती गई।

सूरज उठता... तो सब जीव-जन्तु उठ जाते। वह सोता... तो सब सो जाते।

चाँद को सब लोग 'चंदा मामा' कह कर बुलाने लगे।

यह सब देखकर बाकी तारे जलने लगे और आज तक जलते हैं।

वे तारे यह नहीं समझ पाये की उन गुणों का क्या फायदा जो किसी ज़रूरतमंद के काम न आएँ!

काश, हमारे दिमाग में एक 'एक्सास्ट फैन' लगा होता।

हमारी सारी 'टेंशन' दिमाग से बाहर निकल जाती।

या फिर 'प्रेशर कुकर' की तरह एक सीटी लगी होती।

जैसे ही प्रैशर बढ़ता,

सीटी बजनी शुरू हो जाती...और सारा प्रैशर निकल जाता।

बचपन में जब हम अमरूद खाते थे तो मम्मी अमरूद के ऊपर पानी पीने से मना करती थीं। आज मैं अपने-आप से पूछता हूँ:

क्यों नही पीना चाहिए अमरूद के ऊपर पानी?

क्या खाँसी हो जाएगी?

नहीं।

क्या जुकाम हो जाएगा?

नहीं।

क्या पेट में दर्द होगा?

नहीं।

तो क्या होगा?

कितने मतलबी हैं हम! सिर्फ अपनी परेशानी को देखते हैं। कोई यह नहीं सोचता कि अमरूद के ऊपर पानी पीने से अमरूद डूब गया तो?

It takes a lot to create but little to destroy.
Everybody knows this but still in a fit of anger,
we destroy our
years of hard work and then repent later.

War has never been the solution;

it's just a stepping stone to another one.

According to Nature,

man is the most intelligent creature.

But there are many examples,

which force us to think : Really !

Are we?

नानक दुखिया सब संसार – सो सुखिया जिन नाम आधार।

संसार में कोई न कोई दुख तो हर एक के साथ लगा है। अगर कोई सुखी है तो केवल वह जिसने उस मालिक के नाम को जीवन का आधार बनाया। जिसे उसका सहारा मिल जाए, उसे फिर किसी और सहारे की क्या जरूरत।

वह सुख में ज़रूरत से ज़्यादा प्रसन्न और दुख में हद से बाहर उदास नहीं होता। उसका हृदय समय के हर उतार-चढ़ाव में एक समान रहता है।

Recent surveys shows that the ground water-table is receeding.

Sometime ago, digging to a depth of 75 feet was enough to obtain water.

Today 150 feet is also not good enough.

If we continue like this,

I fear we might reach the centre of the earth.

Delhi's version of 'Journey to the Centre of the Earth'.

They say, 'Change is the essence of life.'

सही बात है, आजकल हर एक को खुल्ले पैसे चाहिए होते हैं।

'Change is really the essence of life.'

'All's well that ends well.'
A frog's version would have read,
'All's well that ends in a well.'

क्या दुश्मन कोई देश या इन्सान है? कहीं वह तेरा अपना कोई एहसास तो नहीं? शायद, नफरत तो नहीं?

इस नफरत को अपनी ताकत तो नहीं समझ रहा न? अगर ऐसा है तो तेरी सबसे बड़ी जीत ही हम सबकी सबसे बड़ी हार है। यह सब कुछ एक 'शायद' पर टिका है और इस 'शायद' को तुझे ही सुलझाना है।

अब तेरी ही बारी है और तेरी ही मर्ज़ी... शायद आखिरी बार।

संगीत में किसी भी राग का मूल स्वर सबसे अहम स्वर होता है। इस स्वर के बिना उस रचना का सही रूप नहीं बन पाता। जिन्दगी में हमारे कर्म भी संगीत-रचनाओं की तरह हैं—बहुत जटिल और एक दूसरे से बहुत अलग।

अगर इन अलग-अलग कर्मों का कोई आधार न हो तो जिन्दगी में शान्ति नहीं आ सकती।

जब ज़मीन को सूखे ने जकड़ा हो तो शिकायत करने से क्या फायदा। प्यासी ज़मीन की प्यास थोड़ी-सी हल्की बारिश नहीं बुझा सकती। फिर भी जो भी हो रहा है, उसे स्वीकार करो। कुदरत का यही नियम है।

हमारे कुछ सपने, कुछ अरमान हैं,

पर किस्मत को कुछ और मंजूर हो तो?

हमने अपने भविष्य के बारे में बहुत कुछ सोचा है

पर वक्त साथ न दे तो?

ऐसे में आप निराश न होकर भी अपनी किस्मत के साथ मिलकर काम कर सकते हैं। वक्त के साथ समझौता करने का मतलब यह नहीं है कि आप हाथ पर हाथ धरे बैठे रहें और यह सोचते रहें कि जो किस्मत में होगा, वह मिल जाएगा। हम अपनी किस्मत के आगे कमज़ोर या बेबस नहीं है।

हमें वक्त और हालात देखकर काम करना है। अगर देश में अकाल पड़ा हो तो समझदारी इसी में है कि जितना थोड़ा-बहुत पानी मिले उसे सोच-समझकर इस्तेमाल किया जाए। ऐसे समय में फूलों के बगीचे लगाना तो बेवकूफी ही होगी।

खुद को वक्त के हिसाब से ढालना, ज़िन्दगी में चलते रहने का दूसरा नाम है।

लेकिन इसका मतलब बुरे वक्त में सब काम रोक देना या जड़ हो जाना नहीं है। हमें देखना चाहिए कि हालात हमसे क्या चाहते हैं और उसी मुताबिक खुद को ढालना चाहिए। इस तरह काम कभी गलत नहीं हो सकता।

Sometimes, when I talk to old couples,
I discover some interesting facts about life,
specially on marriage.
When we are newly married,
life seems like a Paradise.
After a few years, it becomes a headache.
We feel we were better off unmarried.
It is a feeling of 'Paradise Lost'.
In old age, couples support and help each other.
Then it's like 'Paradise Regained'.
That's life.
At times, when the going is tough
some couples get angry at each other.
But if you're 'made for each other',
you'll never get 'mad at each other'.

समय का चक्र तो यूँ ही चलता रहेगा।

ज़िन्दगी में काम शुरू होंगे, खत्म होंगे और नए काम शुरू होंगे—हमें इस बात को समझना चाहिए।

हमें समझना चाहिए कि जब घटनाओं का एक चक्र खत्म होगा तो और नया एक शुरू होगा।

इनमें से कुछ पुरानी घटनाओं से जन्म लेंगी, कुछ जो अब तक छुपी हुई थीं अब सामने आएँगी।

अगर हम अपनी जिन्दगी में होने वाली इन तमाम घटनाओं को समझना चाहते हैं और इन्हें अपनी इच्छा से कोई रूप देना चाहते हैं तो हमें जिन्दगी के आधार को समझना होगा। हम चाहते हैं कि हम कुछ ऐसा करें जो नया हो, पहले किसी ने न किया हो, जो सबसे अलग हो।

पर ऐसा करने के लिए हमें बार-बार अपनी जिन्दगी की जड़ों तक जाना होगा,

अपने आधार को समझना होगा।

उड़ान चाहे जितनी भी ऊँची हो, हमेशा ज़मीन से शुरू होती है।

The owner of a Flying Institute told me that his institute was not doing well.

When I went to check, I saw a board outside the institute, which said,

'We also have a crash course in flying.'

Now, I don't think that a wannabe pilot would like to do that!

रात के विशाल सागर में,
सूरज, चाँद और धरती एक हो गाते हैं।
रात धरती को उसके गोल आकार से बाहर खींचती है,
लहरों को दीवाना बना देती है;
यही रात की शक्ति है।

रात, तुम ही से जन्मा है सब कुछ। जब कुछ नहीं था तब भी तुम थी। तुम ही वह 'कैनवस हो', वह चादर हो, जिस पर इस ब्रह्माण्ड की रचना हुई। तुम में अनसुलझी पहेली है, जो हर नींद से ज्यादा गहरी है। ऐसा पहेली जो गहरे से गहरे पानी से भी गहरी है। तुम्हारी उपजाऊ शक्ति की कल्पना नहीं की जा सकती। तुम एक जंगली, बेकाबू दुनिया हो जिसमें अजीबो-गरीब चीज़ें हैं, शक्ति है, सृजन है, बदलाव है, जिन्दगी है।

जन्म का चमत्कार तुमसे ही आता है और मौत का खौफ भी। तुम ही हमें सुकून देती हो और तुम ही डराती भी हो।

तारे और ग्रह तुम्हारे आंचल में चमकते हुए मोतियों की तरह फैले हुए हैं। तुम आराम से उन्हें अपने बहाव में बाँध लेती हो। तुम्हारी शक्ति का खिंचाव इतना ज़बरदस्त है कि धरती अपने गोल आकार से बाहर खिंच जाती है, समुद्र अपने तट को तोड़कर उफनने लगता है और इस ग्रह पर रहने वाले हर जीव का दिल और दिमाग तुम्हारी शक्ति को निहारने लगता है। तारे फटते हैं तो उनकी ऊर्जा बाँध तोड़कर बहने लगती है। इन विस्फोटों की शक्ति इन्सान का दिमाग या औज़ार सौ गुना ज़्यादा ताकत पाकर भी नहीं माप सकते। फिर भी यह ऊर्जा की लपटें जल-जलकर खत्म हो जाती हैं।

जलते अंगारे बनकर उस अँधेरे विस्तार के आँचल में खो जाते हैं, जिसे हम रात कहते हैं।

जो हमें मिलता है, उससे हम अपना जीवन चलाते हैं;
जो हम देते हैं, उससे हम अपना जीवन बनाते हैं।

What's better to give than unconditional love— a mother's love to her child, a brother's promise of security to his sister, a husband's vow to his wife of being together through thick and thin. Without them, the very fabric of our society would come apart.

एक बार एक आदमी ने एक बहुत बड़ी 'बिल्डिंग' बनाई।

उस 'बिल्डिंग' के पाये बहुत कमज़ोर थे,

जिसकी वजह से वह 'बिल्डिंग' ढह गई।

सारे पाये गिर गए पर एक पाया अभी भी खड़ा था।

उस पाये से पूछा गया, "भाई, सब गिर गए, फिर तुम क्यों खड़े हो?"

उसने जवाब दिया Moral Support—"नैतिक समर्थन के लिए"।

चलो, भौतिक नहीं, नैतिक ही सही।

Lincoln had said,
'God prefers ordinary-looking men;
that's why he makes so many of them.'
Well, a man may be born ordinary but,
he's always visiting a beauty parlour.
In the hope of looking attractive,
we forget that real beauty comes from within.
Our intrinsic worth is what we really are,
not how we look.
When our soul is beautiful,
we glow with a heavenly beauty—
a beauty which no beauty parlour can endow us with.

चील शिकार करते हुए यह नहीं सोचती कि वह जो कर रही है, वह सही है या गलत, न ही वह इस काम के लिए किसी किताब का सहारा लेती है।

वह जो भी करती है, कुदरत के नियमों के हिसाब से करती है।

जानवर बहुत ही सीधा, सरल जीवन जीते हैं जो प्रकृति के करीब होता है। उन्हें कभी सोचने-समझने की जरूरत नहीं होती क्योंकि उन्हें खुद पर कभी शक नहीं होता।

जब उन्हें भूख लगती है, वे खाते है। जब वे थक जाते हैं, तो सो जाते हैं।

उन के सब काम दिन के समय के हिसाब से होते हैं।

जब सही मौसम आता है, तो वे अपना घर बनाते हैं और अपनी समझ से अपने बच्चों को पालते हैं।

जब वे मर जाते हैं, तो दूसरे जानवर उन्हे खा जाते हैं या समय के साथ वे इस मिट्टी में मिल जाते हैं।

दूसरी तरफ इन्सान कुदरत के नियमों से परे हटकर अच्छे-बुरे, सही-गलत के बारे में सोचते हैं।

किसी के लिए दूसरों को चोट पहुँचाना सही है तो किसी के लिए अपना हर काम धर्म के हिसाब से करना सही है।
इन्सानी फितरत की नज़र से देखा जाए तो क्या यह सब बनावटी नही हैं?

इन्सान का कुदरत से इस तरह दूर जाना कहाँ तक सही है?

Our thoughts,
our imagination,
our communication,
our richly fashioned culture are all woven on
the loom of the language of love.
We use this language to conjure up images.
In our mind, when daydreaming of our love,
or when talking about it, we stir our emotions
and express our individuality.
And the best part is,
that this language is universal.
It neither needs to be learnt nor taught;
it's always there in our hearts.

हर नदी का किनारा होता है,

हर समुद्र का तट होता है।

हमेशा बढ़ते रहना मुमकिन नहीं है। हर चीज़ की सीमा होती है और समझदार इन्सान अपनी सीमाएँ पहचानने की कोशिश करता है। वे आस-पास के वातावरण की सीमाएँ पहचानता है। वह कभी मानव-जाति की सभ्यता इतनी नहीं बढ़ाता कि प्रकृति को नुकसान पहुँचे। वह देश की आर्थिक सीमाएँ पहचानता है, इसलिए उतना ही माँगता है जितना कि दूसरा दे सके।

वे अपने शरीर की सीमाएँ जानता है, इसलिए उतनी ही कसरत करता है जितना कि शरीर सहन कर सके। वह अपनी उम्र की सीमाओं के हिसाब से अपनी सेहत का ध्यान रखता है। अपनी इस समझदारी से वह उन स्थितियों का भी फायदा उठा सकता है, जो दूसरों के लिए दीवारें हैं।

जब हमें लगे कि हम वक्त और हालातों की सीमाओं तक पहुँच चुके हैं, तो हमें और कोशिशों में समय गँवाने के बजाय अपनी शक्ति बचाकर रखनी चाहिए।

हम इस शक्ति से अपनी सीमाओं का सामना करने की तैयारी कर सकते हैं या नई सीमाएँ खोज सकते हैं।

हम अपनी सीमाओं का फायदा भी उठा सकते हैं। जो अपनी सीमाएँ नहीं जानते, हम उस पर हावी हो सकते है। जिस तरह किसी भी लड़ाई में हमारे पीछे दीवार का होना बचाव के लिए फायदेमन्द है, उसी तरह अपनी सीमाएँ पहचानने से अपना बचाव करने में मदद मिलती है। कोई भी सब कुछ

जानने वाला ज्ञानी नही होता। हम पुरोहित ढूँढते हैं, गुरू या साधु ढूँढते हैं कि शायद किसी के पास जिन्दगी सही तरह से जीने का कोई 'फार्मुला' होगा। पर यह 'फार्मुला' किसी के पास नहीं है। जितनी अच्छी तरह से हम खुद को जानते हैं उतनी अच्छी तरह कोई नहीं जान सकता। दूसरा कोई हमें सिर्फ थोड़ा सा मार्गदर्शन दे सकता है।

अगर हम सालों तक भी ऐसे महान् गुरू से सीखते रहें तो भी हमें अपना आत्म-सम्मान, स्वतन्त्रता या व्यक्तित्व नहीं खोना चाहिए। जिन्दगी में कुछ भी करने का कोई एक तरीका नही हैं।

हर मन्जिल तक पहुँचने के कई सही रास्ते हैं पर यह हमारे बुज़ुर्गों के रास्तों से अलग हो सकते हैं।

विविधता परम्पराओं के लिए अच्छी होती है।

बहुत बार बड़े बुर्जुग समझते हैं कि अगर हम उनसे अलग सोचते हैं तो हम उनसे विद्रोह कर रहे हैं और कई बार वे हमें अलग दृष्टिकोण रखने के जुर्म की सज़ा भी देते हैं।

ऐसे में वे सच्चाई से दूर हो जाते हैं और सिर्फ रीतियों की बात करते हैं।

यह दुनिया कुछ नहीं।

यह घर, यह दौलत, यह गाड़ी—सब कुछ 'माया' है।

अब आप पूछेंगे यह माया कौन है?

माया, 'छाया' की चचेरी बहन है। उसके प्रेमी का नाम 'मोह' है।

जब मोह आस-पास नहीं रहता तो माया परेशान हो जाती है और कहती है,

"यह दिल माँगे मोह।"

लेकिन अन्त में फिर वही बात आ जाती है... यह शरीर मिट्टी बन जाता है...

सब कुछ मिट्टी हो जाता है।

Y*eh jo hai na* SMS, 'Short Messaging Service'
It has spoilt our sense of language.
Once, I got stuck in a traffic jam;
the traffic came to a halt for a long time.
When I went ahead to have a look,
I found two persons fighting.
Actually, there was a 'U-turn' sign ahead.
The dispute was about who did the board address to.
"You turn... The sign is for you. You turn!"...
"No they are asking 'you' to turn You turn!"
Pehle Aap !
Well, life is one such road where you
won't find any speed-breakers.
But make sure that you're on the right track.
Because every turn you take, changes you
and each new turn can change your life.
So, be wise and make the right choice!

दुनिया में लोगों ने जिस स्थान पर तपस्या की वही स्थान महत्वपूर्ण हो गया।

रेगिस्तान में तपस्या करने वाले महात्माओं को कल्पना में भगवान के दर्शन होते थे। यूरोप और ऐशिया के जंगलों के तपस्वी जड़ी बूटियों और पेड़-पौधों की जानकारी रखते थे। हिमालय के पर्वतों में तपस्वी गुफाओं में रहकर योग-तपस्या करते थे। यह सिर्फ इत्तफाक नहीं है कि यह विधाएँ इन स्थानों से जुड़ी हुई हैं।

अगर आज हम इन स्थानों पर जाएँ तो आज भी उस तत्व को महसूस कर सकते हैं जिसने इतनी पीढ़ियों को प्रेरणा दी।

इसलिए हमें सोचना चाहिए कि हम इस दुनिया में कहाँ बसना चाहते हैं। हमें यह सोचना चाहिए कि हम ज़िन्दगी में क्या पाना चाहते हैं और उस के अनुकूल वह स्थान चुनना चाहिए। हमें चाहिए कि हम अपने आस-पास देखें, आस-पास के अनुभवों को महसूस करें, और मालूम करें कि किस जगह पर हमें शान्ति और खुशी मिल सकती है।

खुद में और अपनी जड़ों में शान्ति स्थापित करें।

There is a couple in my neighbourhood.
The wife is a home-maker and
the husband, a doctor.
Sometime back, they had a quarrel.
Since then, the wife has taken a fancy to apples!
'An apple a day, keeps the doctor away.'

रात में एक हरा पंछी उड़ रहा है,
क्या तुम उसे देख पाओगे?
क्या तुम उसे पकड़ पाओगे?
परछाई की तरह, सच्चाई के साथ लगे रहो।
पर जब कुछ करो, तुम्हारी कोई परछाई न हो।

मुश्किलों और परेशानियों से भरा वक्त हमेशा नहीं रहता। हम ऐसे वक्त से निकलकर अच्छे वक्त की तरफ कैसे बढ़ते हैं? सब मुश्किलों के बीच हमें एक छोटा-सा रास्ता निकालते हैं। हमें इतना अक्लमंद होना चाहिए कि हम उसे पहचान सकें। इतना तेज़ होना चाहिए कि उसे पकड़ सकें और इतनी इच्छा-शक्ति होनी चाहिए कि उसका फायदा उठा सकें। परछाई की तरह सच्चाई के साथ लगे रहो। जहाँ भी वह जाएगी, तुम भी जाओगे। जब वह तुम्हारी तरफ कुछ फेंके, उसे फटाफट पकड़ लो क्योंकि तुम इसके लिए तैयार हो। हम अगर चिड़िया को पकड़ने की कोशिश करें तो यह करना मुश्किल है पर अगर हम हमेशा उसके साथ रहें, उसी की रफ़्तार पर उसके साथ, उसकी परछाई की तरह उसका हिस्सा बन जाएँ, तो उसे पकड़ना आसान हो जाता है।

पर हमारे काम की हमारे पीछे कोई परछाई नहीं रहनी चाहिए। उसका कोई ऐसे परिणाम नहीं होने चाहिए जो बाद में हमें सताए। यह ऐसा तरीका है जिससे हम अपने लिये बुरी परिस्थितियाँ न बनने दें।

High mountain peaks cannot afford to lose
their temper.
They know that if they get hot with rage,
they will melt
and their beauty will be destroyed.

So it's better to stay cool,

than to get hot and let ourselves rot!

A smile is like the sim card of a mobile phone. Whenever you insert a sim card of a smile, a beautiful day is activated!

If you want to discover your strength, hold the smallest baby you see. The longer you're able to hold on, the stronger you are.

वह 'रेडियो' वाला छोटा-सा लड़का,
हरदम 'रेडियो' साथ में रखता,
जहाँ-जहाँ भी था वह जाता,
उसका दोस्त 'रेडियो' साथ में जाता,
आहिस्ता-आहिस्ता दिन गुज़रने लगे,
दोस्ती के नए फूल खिलने लगे,
एक दिन वक्त ने ऐसी ली अँगड़ाई,
रेडियो में से लड़के की आवाज़ आई,
उसकी बातों का एक अलग अन्दाज़ था,
वाह! क्या प्रोग्राम था
सिलसिला जो चला, चलता ही रहा
वह एक ख्वाब था, जो हकीकत हुआ।

एक बार एक कागज़ का टुकड़ा तेज़ हवा में उड़ रहा था। खुश होकर बोला, "देखो मैं उड़ भी सकता हूँ।"

फिर वह पानी में जा गिरा और तैरने लगा। फिर वह बोला, "देखो मैं तैर भी सकता हूँ।"

उसके बाद, किसी ने उस कागज़ पर लिखना चाहा। पर गीला होने की वजह से वह फट गया और बेकार हो गया।

जिस काम के लिए तुम हो, अगर वही न कर सको, तो बाकी कुछ भी होने का का क्या फायदा?

Along with vaccines like the one for polio,
we must get a vaccine of wanderlust too.
It seems that we've altogether
lost our spirit of adventure,
simply wandering around and poking our nose
into small things.
Even if we do go out of the way,
we cannot detach ourselves from our material comforts.
Why don't we travel and explore?
It is so exhilarating! Just pack a few things,
set off at early dawn,
climb mountains,
cross trees,
breathe in fresh
moist air and be one with Nature!

एक बार दो विशाल समुन्दर थे। दोनों आपस में भाई थे। पर दोनों का स्वभाव एक दूसरे से बिल्कुल अलग था। एक था बहुत घमण्डी। उसे अपने ज़ोर पर बड़ा घमण्ड था। अपनी लहरों के थपेड़ों से वह मछलियों को तंग करता था।

मछुआरों की नाव डूबो देता था। तट पर बसे लोग उससे बहुत परेशान थे।

वहीं दूसरी ओर, दूसरा समुन्दर सबके साथ खेलता था और हँसी-खुशी रहता था।

सब लोग उसे देखने और वहाँ घूमने आते थे।

एक दिन घमण्डी समुन्दर की बादलों से लड़ाई हो गई। उसने बादलों को भी अपना दुश्मन बना लिया।

लगातार दस सालों तक वहाँ बारिश नहीं हुई। बादलों की नाराज़गी की वजह से घमण्डी समुन्दर सूख गया और खारे पानी का तालाब बन गया। अब उसके पास कोई नहीं जाता था।

समुन्दर होने का गर्व, घमण्ड में बदल दिया और उसने अपने ही पैरों पर कुल्हाड़ी मार ली।

तुम्हारी खुशबू की यादें,
जैसे खेत में खाद!
खूबसूरती एक नशा है,
खूबसूरती एक आलम है,
खूबसूरती एक जश्न है,
खूबसूरती खुद भगवान के हाथों से लिखी वह इबारत है जिसे पढ़ने के लिए ईमान भरा दिल और प्यार भरी नज़रें चाहिए।

खूबसूरती एक बेनाम खुशबू की तरह है जो हमेशा फैलती रहती है, कभी खत्म नहीं होती।

एक पहाड़ था। बहुत बड़ा और विशाल। ठंड की वजह से उसके आस-पास हमेशा कोहरा छाया रहता था। उस कोहरे की वजह से उसे कुछ ठीक से दिखता नहीं था। इस वजह से उस पहाड़ का आत्म-विश्वास बहुत कम था। उसे लगता था वह बहुत छोटा है। एक दिन मौसम बदला और कोहरा हटने लगा। पहाड़ को साफ-साफ दिखने लगा। उसने अपने पैरों की तरफ देखा और उसे विश्वास नहीं हुआ।

उसने देखा कि उसके पैर चारों तरफ फैले हुए हैं। उसके पैरों पर हज़ारों गाँव बसे हुए हैं और लाखों लोग वहाँ रहते हैं। उसकी बर्फ नदी बनकर इन गाँवों से बहती है। चारों तरफ हरियाली है। यह सब देख कर पहाड़ को पता लगा कि वह कितना बड़ा है और उस पर कितने लोगों की जिम्मेदारी है। जैसे-जैसे उसे यह एहसास होता गया, उसका आत्मविश्वास बढ़ता चला गया।

हर एक की एक झलक ले,
हर एक से कोई सबक ले।
पर आगे जाने से पहले,
खुद को भी तो देख-परख ले,
खुद से भी तो कोई सबक ले।

मेरे एक दोस्त ने 'इम्पोर्टेड' मोटरसाईकिल मँगवाई। पर यहाँ आकर वह स्टार्ट ही नहीं हुई।

जब कंपनी वालों को फोन किया तो जवाब आया, "शायद 'जेट-लैग' है! दो दिन में अपने आप स्टार्ट हो जाएगी।"

कई सालों से चाँद पर बसने की बात हो रही है। समस्या यह आ रही है, कि वहाँ पर रहेगा कौन?

अभी देख लेते हैं।

क्या वहाँ पर पानी है? नहीं।

क्या वहाँ पर बिजली है? नहीं।

और क्या है वहाँ पर? वहाँ पर गहरे-गहरे गढ्ढे हैं!

इन सब बातों से पता चलता है कि वहाँ पर सिर्फ दिल्ली के लोग ही रह सकते हैं। क्योंकि हम दिल्ली-वासियों को इन सब चीजों की आदत पड़ चुकी है।

मेरे हिसाब से चाँद पर कंचे खेलने में बड़ा मज़ा आएगा।

इतने सारे 'क्रेटर' जो हैं।

An advice
for people who work all day and all night:
Breathe!

Experts say, it's good for health.

कल मैने दूर से देखा, एक हाथी बार-बार अपनी सूँड उठाता और झटके से नीचे गिरा देता था।

पहले तो मुझे लगा कि वह मुझे 'हाय' कर रहा है।

पर बाद में पता चला कि उसे जुकाम था।

इसीलिए वह बार-बार छींकें मार रहा था।

आत्मा का मिलन परमात्मा से हो तो क्या बात है... और यह जरूरी नहीं कि आप घण्टों मन्दिर की घण्टियाँ बजाएँ।

आँखें मूँदें, आत्मा से, सच्चे दिल से परमात्मा को पुकारिये और चारों तरफ शान्ति की घण्टियाँ बजने लगेंगी।

परिभाषाएँ:

बचपन – जब अपने-पराए का भेद नहीं मालूम होता है।

किशोरावस्था – जब अपने पराए की परवाह नहीं होती है।

जवानी – जब किसी पराए को अपना बनाने की चाह होती है।

प्रौढ़ावस्था – जब अपने-पराए की पहचान होने लगती है।

बुढ़ापा – जब अपने भी पराए हो जाते हैं।

Love is stronger than the strongest glue.
All our lives we clamour for more & more freedom,
more personal space and yet,
the moment we fall in love,
we want to be together forever
with our loved one.
This tender feeling is the foundation of love,
where giving is far more important than receiving.
यह प्यार का मज़बूत जोड़ है, टूटेगा नहीं।
ऐसा जोड़ लगाएँ, न घर वाले न पड़ोसी तोड़ पाएँ।

मैं जब छोटा था,

तो नहाते वक्त डरता था कि कहीं पानी मेरे कान में न चला जाए।

कहीं मेरा 'ब्रेन-वाश' हो गया तो?

Why do people remember their good old days?
Because they were neither good nor old in those days!

Wherever ice is in its natural state,
there'll be water and
water vapour too.

Similarly, wherever there's true love,
there will be friendship and faith.

No wonder, our folklores are built
around love,

its sacrifices and triumphs.

Whatever be the odds,

love conquers all in its passionate fire.

मैंने तो अपना विचार दे दिया। अब तेरी बारी... हाँ। तेरी...

मैं तुझसे ही बात कर रहा हूँ। क्या तुझे नहीं लगता की तू बदल गया है? तेरा मन जो कभी खुली किताब था आज एक ऐसी गुफा बन गया है,

जहाँ राज़ और अँधेरे के अलावा और कुछ नहीं?

कहाँ गया वह भरोसा, जो तुझे औरों पर था?

तू तो सदियों से नये दोस्त बनाता आ रहा है ना? फिर आज अचानक इतने दुश्मन क्यों दिख रहे हैं?

तू पहले गलत था या अब?

SHAMSHIR RAI LUTHRA

Lazy ways to Enlightenment